AF451589

VENTE

DU MARDI 23 JUIN 1896

HOTEL DROUOT, SALLE N° 11

A DEUX HEURES UN QUART

ANCIENNES

PORCELAINES DE SAXE

Groupes, Statuettes, Boîtes

OBJETS DE VITRINE & DE CURIOSITÉ

Éventails, Ivoires, verres gravés, Miniatures, Émaux de Limoges

BIJOUX, ARGENTERIE

DENTELLES

Bronzes, Marbres, Faïences hispano-arabes, Meubles

Coffre-fort, Tableaux

TAPISSERIES DES FLANDRES

<table>
<tr><td>Mr JULES GUILLET</td><td>M. A. BLOCHE</td></tr>
<tr><td>Commissaire-Priseur</td><td>Expert</td></tr>
<tr><td>5, Rue Fénélon, 5</td><td>28, Rue de Châteaudun, 28</td></tr>
</table>

EXPOSITION PUBLIQUE

LE LUNDI 22 JUIN 1896

DE 2 HEURES A 6 HEURES

IMPRIMERIE ARTISTIQUE
—
E. MÉNARD & Cie

Bureaux et Ateliers : Paris — 8, Rue Milton

CONDITIONS DE LA VENTE

La vente sera faite *expressément* au comptant.

Les acquéreurs payeront en sus des adjudications *cinq
pour cent*.

L'exposition mettant le public à même de se rendre
compte de l'état des objets, il ne sera admis aucune récla-
mation une fois l'adjudication prononcée.

DÉSIGNATION

PORCELAINES DE SAXE

1 — Joli groupe en ancienne porcelaine de
Saxe : Personnages dansant autour d'un
arbre.

2-3 — Deux statuettes en porcelaine de Berlin :
Enfant à la cage et enfant à l'agneau.

4 — Groupe en ancienne porcelaine de Saxe :
La Marchande d'oiseaux.

5 — Groupe en porcelaine de Saxe : Vénus et
les Amours.

6 — Beau groupe de Kronenburg : Nymphe, satyre et enfant.

7 — Groupe de Chinoise et petits Chinois en ancienne porcelaine de Saxe.

8 — Joli groupe de trois personnages, sujet galant en ancienne porcelaine de Saxe.

9 — Statuette en ancienne porcelaine de Saxe : Le Colporteur.

10-11 — Deux figurines de danseurs costumés, en ancienne porcelaine de Saxe.

12-13 — Trois figurines de négrillons en ancienne porcelaine de Saxe.

14 — Statuette en porcelaine de Saxe représentant Rébecca.

15 — Figurine en ancienne porcelaine de Saxe : Enfant avec guirlande et tenant une corbeille fleurie.

16 — Statuette d'enfant en porcelaine de Saxe.

17 — Figurine en ancienne porcelaine de Saxe :
Amour tenant un masque.

18 — Grand groupe équestre en ancienne porcelaine de Saxe représentant Frédéric le Grand
sur un cheval tenu par un nègre.

19-20 — Deux groupes équestres en ancienne
porcelaine de Saxe : Gentilshommes à cheval.

21 — Petite boîte rectangulaire en ancienne porcelaine de Saxe décor : Personnages dans des
paysages. Monture en cuivre.

ARGENTERIE, BIJOUX

Objets de vitrine et de curiosité

22 — Collier à pampilles ornées de sequins en or.

23 — Joli verre décoré d'une peinture représentant une chasse à courre. XVIIIe siècle.

24-25 — Deux grands verres sur pied, dessins
gravés, l'un à armoirie avec lions héraldiques
et l'autre aux chiffres de Louis XVI.

26 — Jolie petite miniature rectangulaire : Moine demandant l'aumône. Cadre en bronze, xviiie siècle.

27 — Deux flambeaux à base octogonale en émail de Limoges.

28 — Deux groupes en bronze doré : Divinités birmanes.

29 — Éventail en vernis dit de Martin à médaillons représentant une offrande à une déesse et sujets chinois. xviiie siècle.

30 — Éventail en ivoire avec feuille à personnages et ornée de paillettes. Époque Louis XVI.

31 — Plaque en ancien émail de Limoges représentant sainte Thérèse. Au revers on lit : *Joseph Nouailher le jeune, rue Magnins à Limoges*.

32 — Grande et belle miniature rectangulaire représentant Vénus et l'Amour. Cadre en bronze ciselé.

33 — Belle bague émeraude entourée de brillants.

34 — Autre avec saphir entouré de brillants.

35 — Bague composée d'une grosse perle et de brillants.

36 — Broche forme fer à cheval en saphirs et brillants.

37 — Paire de boutons d'oreilles brillants solitaires.

38 — Paire de boutons d'oreilles perles fines.

39 — Bague marquise en or pavée de brillants.

40 — Broche en or enrichi d'une perle fine entourée de brillants.

41 — Broche-barette en brillants et émeraudes.

42 — Bague en or avec saphir et brillants.

43 — Bague perle entourée de brillants.

44 — Bracelet en or avec brillants et saphirs.

45 — Bracelet chaîne en or et perles fines.

46 — Épingle de cravate forme trèfle en turquoise et perles fines.

47 — Épingle de cravate perle fine.

48 — Deux salières en argent. Louis XVI.

49 — Petit plateau en argent.

50 — Cuiller à sucre en argent.

51 — Bourse en argent.

52 — Petit cadre en argent.

53 — Face à main en argent gravé et dore.

54 — Éventail monture en nacre.

55 — Coffret en verre de Bohême avec ses flacons à odeurs.

56 — Petite pendule de voyage.

57 — Six tasses et un pot à crême. Premier Empire.

58 — Peigne en écaille, monture en argent orné de strass.

59 — Six couteaux en vermeil.

60 — Douze couteaux manches en ivoire garnis d'argent.

61 — Truelle à poissons en argent.

62 — Deux jardinières en argent.

63 — Rond de serviette en argent.

64 — Petite cafetière en argent.

65 — Coquetier et sa cuiller en argent.

66 — Verre d'eau avec garniture en argent.

67 — Dejeuner en vermeil.

68 — Petite médaille avec chaînette en or émaillé.

69 — Deux plaques en faïence italienne.

70 — Buvard en porcelaine d'Allemagne.

71 — Petit coffret en bronze chinois.

72 — Petite mandoline.

73 — Salière et deux bouts de table argentés.

BRONZES, MARBRES, FAIENCES

74 — Jolie garniture de cheminée en bronze ciselé et doré à amours, composée d'une pendule et de deux candélabres à quatre lumières, cadran signé Lassalle et Cie. Style Louis XVI.

75 — Paire de belles appliques à cinq lumières en bronze ciselé et doré à guirlandes. Style Louis XVI.

76 — Coffret en laque avec plaques en émail de Chine à personnages.

77-78 — Quatre vases en porcelaine de Chine.

79 — Pendule forme cage en bronze doré et glaces biseautées. Style Louis XVI.

80 — La Tsigane, bronze de Duboy.

81 — Groupe en bronze : Enfant au perroquet, de Lanzirotti.

82 — Statuette en bronze : la première pensée, de Debut.

83 — Grande plaque encadrée avec peinture, sujet d'après Watteau.

84 — Gravure en couleur.

85 — Statuette en biscuit.

85 *bis* — Paire de bras d'appliques en bronze doré. Style Premier Empire.

86 — Cafetière en étain.

87 — Pendule en bronze doré.

88 — Deux bras d'appliques en bronze ciselé.
Style Louis XVI.

89 — Statuette : Potier Renaissance.

90 — Buste en marbre blanc représentant Marie-
Antoinette.

91 — Buste en marbre représentant la Dubarry.

92 — Pendule en bronze doré. Premier Empire.

93 — Monture de pendule en bronze à cariatides
et ornements.

94 — Sonnette en bronze, statuette de Grec.

95 — Compotier en vieux Delft, décor en bleu,
chiffre et ornements.

96 — Jeu de loto ancien avec sa boîte.

97 — Grand sceau en faïence de Marseille, décor :
port maritime, bordure feuille de choux.

98 — Deux plats hispano-arabes, décor à reflets
métalliques.

99 — Plat creux hispano-arabe, xvie siècle, à reflets métalliques.

100 — Bouteilles hispano-arabe, décor à reflets métalliques.

101 — Grande figurine d'Allemagne, Neptune et le Dauphin.

102 — Groupes de Capo di Monte, Jupiter et l'Aigle.

103 — Petite obélisque en rouge antique, gravée d'hiéroglyphes.

104 — Bas-relief bronze, jeux d'enfants.

105 — Poignard italien en bronze.

106 — Groupe de deux enfants musiciens en vieux Vienne.

107 — Statuette, Diane chasseresse, en ivoire,

108 — Deux bouquetières de Delft doré.

109 — Groupe, enfant supportant une statuette de bergère en porcelaine de Berlin.

110 — Deux figurines de Saxe, petites paysannes.

111-112 — Deux paires de potiches en faïence italienne, décor médaillons à bustes de personnages.

113 — Deux bouteilles même facture.

114 — Buste reliquaire, femme en terre cuite.

115 — Deux jolies chimères en vieux Chine vert, violet et jaune.

116 — Perroquet en vieux Chine, même facture.

117 — Paire de vases en bronze avec sujets de l'antiquité, en bas-relief, socle en marbre rouge griotte, Premier Empire.

118 — Pendule en bronze, partie dorée avec statuette et bas-relief. Premier Empire.

119 — Groupe en bronze, l'Enfant à la Tortue.

120 — Statuette de petit Bacchus couché, en bronze. Signé Pigalle, 1745.

121 — Brûle parfums en bronze du Japon.

122 — Galerie de foyer en bronze. Style Louis XVI.

123 — Grande garniture de cheminée en bronze doré. Style Louis XVI.

124 — Suspension de salle à manger à gaz.

125 — Cartel en bronze.

126 — Groupe en bronze : la leçon de musique, de Drouot.

127 — Lion en bronze vert de Barye.

128 — Panthère en bronze vert de Heizler.

129 — Statuette en bronze : Diane d'après Houdon.

130 — Statuette en bronze : Baigneuse, de Lanzi rotti.

131-132 — Deux statuettes en bronze: Bacchantes, d'Hippolyte Moreau.

133 — Statuette en bronze Jeanne-d'Arc de Giraud.

134 — Statuette en bronze : Silène portant une lampe.

135 — Deux appareils photographiques.

MEUBLES

136 — Chambre à coucher en noyer sculpté et ciré composé d'un lit de milieu, une armoire à glace et une table de nuit. Style Louis XV.

137 — Chiffonnier-secrétaire en marqueterie de bois.

138 — Console en acajou. Ier Empire.

TAPISSERIES, DENTELLES, TAPIS

139 — Tapisserie des Flandres à armoiries avec figures de chevaliers en armure XVIIe siècle.

139 *bis* — Divers tapis anciens d'Orient.

140 — Portière en tapisserie moderne.

141 — Crêpe de Chine blanc brodé.

142 — Mouchoir en vieille guipure de Venise.

143 — Garniture en dentelles de Bruges : Deux manchettes, col et devant de corsage.

144 — Voilette en application de Bruxelles.

TABLEAUX

145-147 — GARAT (F.). *Vues de Paris*. Trois aquarelles.

148 — HAVET (H.) *Restaurant à Meudon*.

149 — KOCH (Charles de). *Portrait d'homme.*

150 — POINT (Ch.). *Rêverie.* Pastel.

151-152 — PILARÈS. *Vues d'Espagne.* Deux aquarelles.

153 — LACROIX. *La Veillée.*

154 — LACROIX. *Au bord de l'eau.*

155-156 — ÉCOLE FRANÇAISE. *Poissons.* Deux tableaux. Cadres bois sculpté.

157 — ÉCOLE FRANÇAISE. *Fleurs et fruits.*

158 — Objets omis.

Paris. — Imp. E. Menard & Cⁱᵒ, 8, rue Milton.